11 *Mai* 1886

BANQUET

DU GROUPE

DE L'UNION MONARCHIQUE

DE LA CONFÉRENCE

MOLÉ-TOCQUEVILLE

11 *Mai* 1886

BANQUET

DU GROUPE

DE L'UNION MONARCHIQUE

DE LA CONFÉRENCE

MOLÉ-TOCQUEVILLE

BANQUET

DU

GROUPE DE L'UNION MONARCHIQUE

DE LA

CONFÉRENCE MOLÉ - TOCQUEVILLE

———

Le groupe qui s'est constitué dans la conférence
Molé-Tocqueville sous le nom d'*Union monarchique* a
donné son banquet annuel, au Grand-Hôtel, le mardi
11 mai 1886. Plus de cinquante membres du groupe
étaient présents, et nombre d'anciens, voulant bien se
souvenir du lien qui les rattache toujours à leurs
jeunes amis, leur avaient fait l'honneur de se joindre
à eux. M. Lambert de Sainte-Croix occupait la place
de président d'honneur; en face de lui était assis le président actuel du groupe, M. A. Deville. Autour d'eux,
étaient MM. le duc de Broglie, Ferdinand Duval,
P. Andral, ancien vice-président du Conseil d'Etat,
Target, Amédée Lefèvre-Pontalis, Dufeuille, Chop-
pin, Boudet, ancien directeur de l'*Union*, Arnal, An-
toine Faure, président en exercice de la conférence,
et de Lanzac de Laborie, vice-président, A. de Claye,
J. Auffray, de Lamarzelle, anciens présidents, etc.

MM. le comte de Mérode, Edouard Hervé, Buffet, Bocher, le marquis de Beauvoir, Saint-Marc-Girardin, Antonin Lefèvre-Pontalis, de Lassus, de Larnage, d'Aillières, de Lhomel et plusieurs autres avaient dû, à leur grand regret, s'excuser au dernier moment.

Une grande cordialité et une parfaite intimité n'ont cessé de régner pendant le repas et toute la soirée qui s'est prolongée assez tard.

Au dessert, M. A. Deville a pris le premier la parole pour proposer le toast suivant :

Toast de M. A. Deville

président du groupe

Messieurs,

J'ai le devoir de remercier tous ceux qui nous donnent un témoignage précieux de sympathie et d'intérêt en assistant à cette réunion de la jeunesse royaliste de la Conférence Molé.

Et quand je recherche comment se font le rapprochement heureux, l'union cordiale que nous avons la joie de constater ce soir, comment il se peut surtout que je prenne la parole au milieu de maîtres illustres derrière lesquels je devrais et voudrais modestement m'effacer, je crois pouvoir dire que c'est parce que nous sommes tous jeunes, si l'on considère l'âge du cœur et si l'on tient que la jeunesse est ce qui permet à l'homme d'être toujours prêt à agir, de dépenser sans compter ses forces et son dévouement.

N'êtes-vous pas jeune en effet, Monsieur, vous qui avez bien voulu accepter le patronage de nos réunions depuis leur organisation, vous qui avez en grande partie dirigé cette rude et belle campagne de l'année dernière, où tout a été activité et ardeur, qui vous êtes dépensé si généreusement dans une triple lutte électorale et, en dernier lieu, dans un combat inégal où vous avez perdu des voix, mais gagné encore de l'honneur, qui, aussitôt après, sans fatigue ni découragement, avez repris, aux premiers rangs de notre grand parti, votre travail laborieux et fécond?

N'êtes-vous pas jeune, Monsieur le duc, vous qui ne pouvez plus compter les sacrifices que vous avez faits, le dévouement que vous avez si largement prodigué à notre pays, vous qui n'avez jamais abandonné le terrain aux ennemis qui vous poursuivaient avec acharnement et qui ne peuvent se vanter de vous avoir vaincu, sans un audacieux mensonge, vous qui vous reposez en travaillant un peu plus et qui êtes toujours prêt à donner à tous, comme à nous, vos sages et patriotiques enseignements?

Vous me répondrez, j'espère, mais ce ne sera pas pour me contredire.

Ne sont-ils pas jeunes aussi tous les vaillants combattants des élections dernières, et surtout ceux de Paris, si dignement représentés ici et dont vous me permettrez bien de dire un mot spécial, puisque j'ai vu de près tout ce qu'ils ont donné de vigueur, d'activité, de talent, de jeunesse dans cette campagne qui a donné des résultats généraux compensant assez son insuccès relatif?

Tous ceux enfin qui, dans les assemblées ou en dehors d'elles, sont les lutteurs d'aujourd'hui, seront les lutteurs de demain, ne nous apparaissent-ils pas comme aussi jeunes que ceux d'entre nous qui contiennent le plus difficilement les ardeurs de la vingtième année?

Ce qui marque surtout, Messieurs, notre jeunesse à tous, c'est que nous avons confiance dans l'avenir.

Il paraît bien téméraire d'avoir cette confiance après tant de revers, quand la France est épuisée, son prestige compromis, sa fortune ruinée, ses libertés détruites par un parti triomphant chaque jour plus violent, parce qu'il se croit plus sûr de l'impunité. Et ceux-là qui doutent et désespèrent ne manquent pas autour de nous. Mais nous avons une foi ardente, avec des convictions raisonnées, et nous ne cédons ni au scepticisme philosophique, ni au découragement politique, qui l'un et l'autre cachent trop souvent l'impuissance.

Nous espérons, parce que nous croyons que la France ne peut périr et parce que nous sommes prêts à tout faire pour la sauver. Nous sommes sûrs qu'elle peut, sans chercher loin, trouver un gouvernement qui, restaurant les libertés, rétablissant la paix et la prospérité, fera disparaître les ruines.

Ce gouvernement, on le connaît, et, plus qu'il ne semble, on l'espère, on l'attend.

J'ai essayé, Messieurs, d'exprimer les sentiments qui nous unissent. Je vous propose de boire à ceux qui sont nos modèles par leur passé, nos guides dans le présent! Avec eux, avec vous tous, je bois : A l'avenir!

M. Lambert de Sainte-Croix a répondu par le discours suivant :

Discours de M. Lambert de Sainte-Croix

Messieurs,

C'est encore moi que vous voulez bien appeler, cette année, à être ici le représentant de vos anciens. Vous n'avez pas craint de faire asseoir à cette place un invalidé de la dernière campagne, comme si vous teniez à prouver que vous ne partagez pas le sentiment de la Chambre des députés, quand il s'agit de la sincérité et de la dignité des élections, du respect dû à la liberté du vote, et de cette pression officielle dont récemment un des vôtres, un de vos victorieux, dévoilait à la tribune ce saisissant tableau où toute la France a pu se reconnaître.

Votre aimable et éloquent président rappelait tout à l'heure, pour justifier une faveur dont j'abuse, que j'avais été un des ouvriers de l'action conservatrice aux élections d'octobre. Permettez-moi d'en décliner le mérite, car vous savez tous que ce n'est ni à mes amis ni à moi que revient l'honneur du succès remporté et des 3,500,000 voix qui ont affirmé le réveil du pays.

Laissez-moi donc ne prendre devant vous qu'un seul titre, que je veux accepter sans fausse modestie comme sans fausse honte, celui de vaincu.

Lorsque, en effet, je regarde autour de moi, je crois qu'on peut le porter aujourd'hui sans rougir, et je ne me sens pas en trop mauvaise compagnie quand je salue parmi vos convives l'homme d'Etat dont l'absence dans nos Assemblées est à la fois une diminution du Parlement et un outrage à notre temps.

Et si je regarde nos vaiqueurs! Singuliers vainqueurs que ceux dont la victime ressemble à une capitulation ; qui achètent leur triomphe éphémère par une concession de chaque jour et une défaillance permanente ; qui ne détiennent le pouvoir que pour l'humilier, la fortune publique que pour la gaspiller, l'autorité que pour en détruire le prestige, et les destinées de notre pays que pour les livrer au hasard, à l'inconnu, à la violence des passions antisociales.

Je n'ai jamais été de ceux qui cherchent le remède dans l'excès du mal ; mais je suis forcé d'avouer que ceux-là doivent être satisfaits. Les fautes de nos adversaires ont dépassé toutes leurs espérances. Le temps est proche, Messieurs, j'en ai la profonde conviction, où, n'ayant pu les empêcher, nous aurons à les réparer.

Non, je ne puis croire que ce grand pays de France puisse supporter plus longtemps ce régime d'anarchie dans lequel on le traîne comme sur une claie.

Anarchie gouvernementale, où les ministres tombent les uns sur les autres sans même laisser au pays le souvenir de leurs noms, vivant sans programme, sans idée, au jour le jour, prêts à sacrifier les plus graves intérêts de l'avenir au désir de prolonger une heure de plus leur existence inutile et néfaste !

Anarchie administrative, où les fonctionnaires

ₜremblent sous la dépendance et sous la délation des députés, où l'on voit un conseil général mettre le préfet en interdit, où une réunion publique décide le sort d'un percepteur, où l'agent colonial qui a désobéi devant l'ennemi reçoit de l'avancement!

Anarchie judiciaire, où le juge qui vient de prononcer la peine ouvre la prison au condamné sur un télégramme de la chancellerie, où le domicile privé comme le secret de la poste peuvent être violés sans mandat de justice, où, sur l'ordre d'un sous-préfet, la force armée tire sur des femmes!

Anarchie religieuse, où la liberté de conscience est aussi atteinte qu'aux jours douloureux des guerres de religion, où l'âme de l'enfant est soustraite à la famille, où l'athéisme obligatoire devient un enseignement d'Etat!

Anarchie militaire, où l'armée est livrée aux expériences de politiciens qui, pour détourner quelques séminaristes de leur vocation, mettraient en péril toute l'organisation sur laquelle repose la défense du pays!

Anarchie parlementaire, où, par une sorte de caricature, on semble prendre à tâche de déconsidérer la plus noble forme de gouvernement qu'ait connue notre pays!

Anarchie diplomatique, où tous les intérêts de

la politique nationale sont sacrifiés tantôt à un calcul électoral, tantôt à la réussite d'un emprunt; où l'on se console de nos malheurs et de notre isolement avec les lauriers du Tonkin ou de Madagascar et des succès comme celui d'Athènes.

Non, la France ne peut supporter un tel régime sans se manquer de respect à elle-même.

Elle ne peut subir ainsi la désorganisation de toutes ses forces vives à l'intérieur. Elle ne peut se résigner, après le rôle qu'elle a joué au dehors, à servir pour ainsi dire de repoussoir à l'Europe, qui a le bon goût de venir nous prendre nos princesses, mais qui a bien le soin de nous laisser nos institutions.

Non, le temps n'est pas loin, soyez-en sûrs, où nous aurons, où vous surtout, vous aurez à remettre la France sur ses pieds. C'est à vous, qui n'avez connu ni les illusions de notre jeunesse, ni le mécompte de notre âge mûr, vous qui n'aurez traversé que les derniers mauvais jours, que reviendra la grande tâche de refaire un gouvernement, non pour un seul, ni pour quelques-uns, mais pour tous, en l'établissant sur un principe stable, traditionnel et moderne à la fois.

Vous aurez à remettre l'ordre dans la démocratie, le respect dans la société, l'équité dans l'administration, l'indépendance dans la justice, la discipline et la cohésion dans l'armée.

Vous aurez à rétablir la paix religieuse en assurant à la fois, par l'exécution loyale du Concordat, les droits de l'Etat et la liberté de l'Eglise.

Vous aurez à reconstituer les vrais principes du gouvernement représentatif, en organisant des Assemblées qui contrôlent sans administrer, au lieu d'Assemblées qui administrent sans contrôle.

Et, j'en suis sûr, éclairés par les leçons du passé, plus encore peut-être par celles du présent, vous ne confondrez pas la force de gouvernement, qui repose sur les principes éternels du droit et de la justice, avec la violence des réactions d'aventures.

Vous ne confondrez pas l'autorité qu'avant tout vous avez à relever, avec l'oppression des minorités et des consciences, et quand vous aurez donné la stabilité, la force, le respect à ce gouvernement réparateur, vous ne le désintéresserez pas de la liberté, car si elle peut devenir, dans les jours de trouble et de défaillance, un instrument d'anarchie, elle reste, quand le pouvoir est entre des mains loyales et fermes, la plus noble et la plus sûre des armes.

Pour atteindre ce but, nous avons tous à redoubler d'efforts. Rien n'est meilleur que des réunions comme celles d'aujourd'hui, où les jeunes et les vieux apprennent à se connaître et à parler la même langue. Dans ce partage où nous vous apportons l'expérience du combat de la vie, vous apportez le meilleur lot : la jeunesse.

Je ne voudrais pas vous comparer à des vestales, ni vous en imposer toutes les obligations ; mais c'est à vous d'entretenir le feu sacré, et nous sommes sûrs qu'entre vos mains il ne s'éteindra pas.

Je bois à cette fière et vaillante jeunesse, à la prospérité de notre vieille conférence, à l'union intime des anciens et des nouveaux, qui scellera par l'effort de tous, dans une même foi et dans une espérance commune, la France d'hier à la France de demain !

Après les vifs applaudissements qui avaient salué ce magnifique discours, M. le duc de Broglie, vivement sollicité par les anciens et par les jeunes, a bien voulu prononcer une allocution que nous sommes heureux de pouvoir reproduire ici.

Allocution de M. le duc de Broglie.

Messieurs,

Je suis d'autant plus sensible au bienveillant accueil qui m'est fait dans cette réunion amicale qu'il diffère, vous le savez, de celui que j'ai reçu dernièrement du suffrage universel. Ce n'est pourtant pas ma seule raison, croyez-le bien, pour désirer ardemment que les sentiments qui règnent dans le suffrage très restreint de cette assemblée d'élite se répandent de plus en plus dans ·la grande majorité de nos concitoyens.

Ce vœu, l'année qui vient de s'écouler me laisse la ferme espérance qu'il sera bientôt exaucé. Cette année nous a apporté, en effet, on vient de nous le dire avec éloquence, tout à la fois de grands encouragements pour nos efforts et des motifs nouveaux de persister plus que jamais dans nos convictions.

L'encouragement, vous le connaissez, c'est ce résultat inattendu, inespéré des élections du 4 octobre, qui a dépassé l'attente même de ceux qui, comme votre honorable président, avaient travaillé avec le plus de zèle et d'intelligence, sous une haute inspiration, à le préparer ; c'est ce retour de l'opinion publique qui a ouvert les portes du parlement et l'accès de la tribune à un si grand nombre de nos amis, dont quelques-uns y figurent déjà avec éclat ; c'est ce reflux de la marée conservatrice qui est venu couvrir et féconder tant de régions que, dans ces dernières années, le souffle révolutionnaire avait desséché.

Je sais bien qu'on dit que le sentiment qui a amené cette heureuse réaction est plutôt conservateur que monarchique, que les électeurs ont

entendu condamner les méfaits des républicains
et non le principe de la République. Ce sont les
républicains surtout qui, par un acte de louable
humilité, se sont empressés, en donnant ce com-
mentaire à l'élection du 4 octobre, de sacrifier leur
personne à l'honneur et à l'intérêt de leur principe. Leur modestie est digne d'éloges, mais je me
permets de la croire mal fondée. Je crois que le
sentiment conservateur en France, même quand
il tient à s'appeler de ce nom neutre et un peu
vague, est toujours au fond plus monarchique
qu'il n'en a l'air, qu'il ne le sait peut-être lui-
même, et surtout qu'il ne veut le paraître. Dans
un vieux pays comme le nôtre, où la monarchie
a été si longtemps le symbole et la représentation
de l'ordre régulier de la société, où sa chute a
coïncidé à tant de reprises avec l'ébranlement
même de l'ordre social tout entier, où la royauté
a laissé partout son empreinte et pénétré le sol
de ses racines; les idées de conservation et de
monarchie sont unies dans l'esprit de tous ceux
qui pensent et dans le fond de l'âme de ceux qui
ne disent pas tout ce qu'ils pensent.

Je ne crois donc pas au fond à cette distinction
entre le sentiment conservateur et le sentiment
monarchique; je ne le crois ni profond ni surtout durable. Mais elle aurait existé au 4 octobre
que depuis cette date la République et les républi-

cains auraient réussi à la faire disparaître, et c'est ici que je trouve, comme je vous le disais tout à l'heure, dans les faits qui viennent de se passer, des motifs nouveaux de persister dans nos convictions.

Qu'avons-nous vu en effet, depuis cette date du 4 octobre? Le retour du pays au sentiment conservateur était un avertissement dont République et républicains auraient pu profiter, s'ils avaient été capables de l'entendre. L'ont-ils fait? Se sont-ils rapprochés des conservateurs? Nullement, vous le savez; et ils s'en sont éloignés plus que jamais; la République a reculé devant le sentiment conservateur réveillé, comme devant le fantôme d'un revenant qui la faisait fuir. Tous les griefs qui avaient exaspéré les conservateurs et auxquels le pays venait de faire écho, on s'est plu à les exaspérer et à les envenimer. La persécution religieuse de vexatoire qu'elle était est devenue violente : un étroit esprit d'exclusion et de secte descendant dans les rangs les plus modestes de l'administration faisant régner partout la délation et la calomnie a divisé plus que jamais la société en deux classes ennemies. Bien loin qu'on ait songé à fermer la source des prodigalités financières, à l'heure même où je parle un nouvel appel est fait à l'épargne privée pour venir plonger un nouveau milliard dans le gouffre du déficit. Enfin le désordre matériel qui suit toujours tôt ou tard le désordre moral, mais qui n'avait pas reparu depuis la repression exemplaire de la Commune, s'est renouvelé sur divers points de la France ; à Decazeville, à Châteauvilain un sang innocent, un sang généreux a coulé avec la complicité ou par les ordres d'un pouvoir inerte ou brutal.

Que signifie, Messieurs, ce contraste, cet écart entre les dispositions conservatrices du pays et les tendances et les actes de la République qui inquiètent plus que jamais les conservateurs? Comment l'expliquer, si ce n'est par une incompatibilité secrète entre le sentiment conservateur et la République, dont ne peuvent triompher ni les avis des sages ni les leçons des événements, si ce n'est parce qu'il y a dans certaines institutions, pour se servir du langage et des usages familiers du jour, comme un virus d'esprit révolutionnaire qui se développe toujours quoi qu'on fasse, quelque vaccin qu'on lui inocule et quelque lente que soit son incubation ?

Cette incompatibilité, qui paraît être au fond des choses, se traduit, comme c'est toujours le cas jusque dans les mots.

Est-ce que vous ne vous rappelez pas... non vous êtes trop jeunes pour vous souvenir de ce qui se passait il y a dix ans... mais mon collègue et ami M. Lambert de Sainte-Croix se souvient comme moi qu'il y a dix ans, dans les derniers jours de l'Assemblée nationale, on ne nous parlait jamais que de la république conservatrice. Tous les républicains étaient conservateurs, et il n'y avait même de conservateurs que les républicains. On n'avait à la bouche que la phrase célèbre de M. Thiers: la République sera conservatrice ou elle ne sera pas. La république ne sortait jamais sans être escortée de cette épithète de conservatrice. Qui est-ce qui en parle aujourd'hui? Où est-il le républicain, qui en public sur un programme électoral, prenne le nom de conservateur? Nous avons vu depuis un an bien des affiches électorales signées par des républicains de toutes les nuances : il y a le républicain pur et sans épithète, le républicain radical, le républicain radical socialiste, le républicain radical de gouvernement. Mais le républicain conservateur, où est il? On peut peut-être le retrouver quelque part conservé dans quelque bureau de journal, comme dans un musée, en qualité d'échantillon d'une espèce disparue appartenant à l'ère tertiaire ou quaternaire de la paléontologie républicaine.

Voilà pourquoi je vous disais, Messieurs, que l'année écoulée nous a apporté des motifs nouveaux de persister plus que jamais dans nos convictions, et voilà pourquoi déjà l'année dernière, dans une réunion précédente, je vous félicitais d'entrer à l'heure présente dans la vie publique. Vous y entrez quand nous en sortons, et à vous non plus les épreuves ne seront pas épargnées. Mais vous éviterez nos douloureuses incertitudes : si vous ne voyez pas d'avance le terme, vous apercevez du moins à l'horizon nettement le but de vos efforts. Voir le but, c'est déjà un grand pas fait pour l'atteindre (*Applaudissements unanimes et plusieurs fois répétés.*)

Enfin, comme il avait été question des vaillants candidats conservateurs — plusieurs étaient présents — qui n'ont pas craint de soutenir à Paris même une lutte inégale, *M. Ferdinand Duval* s'est fait leur interprète en remerciant tous ceux qui leur avaient prêté un dévoué concours. L'ancien préfet de la Seine s'est trouvé ensuite amené à parler du centenaire de 1789.

« Cet anniversaire du prétendu établissement, chez nous, du règne de la liberté, est-ce bien aux hommes qui font de la violation de toutes les libertés leur besogne quotidienne et comme leur métier qu'il appartient de le célébrer? Quoi qu'il en soit, nos adversaires préparent de vastes manifestations; ils veulent nous contraindre à nous associer à une allégresse de commande. »

« Eh bien, » a ajouté très spirituellement M. Ferdinand Duval, « nous nous réjouirons aussi ; nous nous dirons que les centenaires peuvent, sans aucun inconvénient, être accumulés ; nous nous rappellerons que l'année 1589 fut celle de l'avènement de Henri IV ; nous fêterons ce grand souvenir, cette gloire nationale. Nous relirons l'histoire du Béarnais, non pas pour nous demander ce qu'il ferait aujourd'hui — des princes qui ont dans leurs veines du sang de Henri IV n'ignorent pas ce qu'ils ont à faire, — mais pour savoir ce que firent ses compagnons, comment ils se vouèrent à sa cause et la firent triompher...

« Comme ces vaillants d'autrefois, nous saurons, à notre tour, faire notre devoir. »

Après ce discours, que nous regrettons d'être obligés d'analyser aussi imparfaitement, on a bu encore et avec confiance : A l'avenir !

11456 — PARIS. IMPRIMERIE F. LEVÉ, RUE CASSETTE 17.

9 782014 059007